KB231541

음...
들떠하지 말아요.
외롭다고 느낄 때......
흘러가는 세월
그 속에 묻히는
외로움도 잠시죠.

살다보면
아...
이렇게 (나는 사랑도 있구나
새삼 생각하게) 된다.
내가 최고였은 것인지)
이무튼
너의 많이 닳는다는 느낌이 없이
지금은 슬프다.

대한성공회 대전지역 선교사 이야기

스완과 트롤로프 주교

펴낸날 • 1999년 11월 25일 1판 1쇄
옮긴이 • 이호운 · 최광식 · 김영호
지은이 • 이대성

펴낸이 • 김혜숙

펴낸곳 • 도서출판 상아
출판등록 • 제18-244호
등록일 • 1998년 5월 13일
주소 • ⊕ 121-718 서울시 마포구 성산동 404 월드컵빌딩 521호
대표전화 • 3273-6323 | 팩시밀리 • 3273-6329
E-mail • salamand @ unrel. co. kr

ISBN • 89-88430-05-0 03810

값 • 5,000원

* 이 책의 판권은 지은이와 도서출판 상아에 있습니다.
* 잘못된 책은 바꾸어 드립니다.

날 죽여줘

이제야 겨우 있을 수 있을 것 같...

왜 자꾸 날타나는 거야!

지금 이 순간

자라리

대학생이 모은 대학가 익명시

스무살의 슬픈 우리

엮음 | 이호준 최은경 김영호   해설 | 김지룡 신세대 문화평론가

참솔

순수할 수 있는 마지막 길목에서

　유난히 우울하게 보내던 겨울방학이었다. 진정으로 하고 싶은 일을 찾지도 못한 채, 도서관과 영어학원을 맴돌며 취업준비를 하고 있었다.

　그러던 어느날 한 출판사에서 이상한 제의를 받았다. 대학가의 익명시를 모아 책으로 내자는 것이었다. 21세기를 코앞에 두고 살아가는 요즘 젊은이의 생각과 고민, 꿈을 찾는 일은 의미 있는 일이라며 우리를 설득했다. 나의 꿈과 생각도 정립시키지 못하면서 이런 일을 맡는 것이 부담스러웠지만 흥미를 끌기에는 충분했다.

　2월부터 각 대학의 동아리방, 강의실, 도서관, 화장실은 물론 주변의 카페, 그리고 PC통신과 인터넷의 익명게시판에서 1,000여 편의 시를 모았다. 하지만 일은 여기서 끝난 것이 아니었다. 수집보다 더 어려운 작업은 학기 중에 시간을 쪼개 막대한 분량의 원고를 분류하고 좀더 좋은 글, 공감할 수 있는 글을 선별하는 것이었다.

다시 겨울이 오고 있다. 이제야 150여 편의 글을 세상으로 내보낸다. 스무살의 슬픈 우리, 우리의 속내를 보이는 일은 무척 부끄러운 일이다. 하지만 소박하고, 어쩌면 치기어린 우리의 생각을 공개하는 일은 분명 의미 있는 일일 것이다. 이 책은 순수할 수 있는 마지막 길목에서 발가벗은 우리의 사진이기 때문이다.

자료를 수집하기 위해 함께 발로 뛰어준 친구들과 후배, 어린 글들을 진지하고 세심하게 읽어주신 김지룡 선생님, 말할 것도 없이 고생하신 도서출판 참솔 여러분께 깊은 감사의 말을 전한다.

끝으로, 방황과 시행착오를 되풀이하는 지금의 우리와 내일의 우리에게, 「우리」는 진정으로 아름답다는 말을 하고 싶다.

1999년 가을 끝에서
이호준, 최윤경, 김영호

차례

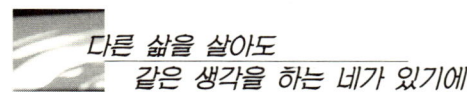

다른 삶을 살아도
같은 생각을 하는 네가 있기에

꿈에서 또 널 봤다!
아주 미쳐버리겠다

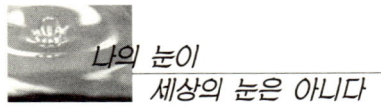

나의 눈이
세상의 눈은 아니다

스무살의
추억 혹은 기억

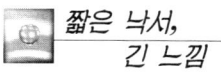
짧은 낙서, 긴 느낌

다른 삶을 살아도
같은 생각을 하는 네가 있기에

그래도 살 만한 건 사람 때문이다

그동안
통신 잊고 지낸 몇 달 사이에도
시간은 쏜살같이 지나가버리고,
사람들 사이에 치이며
세월을 보내다 혹 놓치고 잃어버린
사람도 있을 것 같다.

연말엔 난생 처음 비행기도 타보고
그렇게 보고 싶던 강릉 바닷가에 닿기도 했다.
가슴 한구석의 생채기 한두 개는 여전했고
그래도 살 만하다고
살 수밖에 없다고 생각하게 된 건
사람 때문이다.

머릿속에 헝클어진 채 내팽개쳐진
내 삶의 기준, 목적……
하나하나 풀다가 끝내 못다 풀고 눈 감는 것 아냐?

∥ 서울대학교 국어국문학과 익명게시판 [비밀일기]

그냥 자꾸 눈물이 나네

모든 게 끝났어, 다
결과는 났고 이젠 막막해
대책은 없고
사람도 싫고
가족은 생각만 해도 눈물이 나고……
결국 울어버렸어.

나 많이 변할지 몰라
수없이 방황했던 마음 겨우 되돌렸는데……
이제 더 안 좋게 변할지도 몰라.

이런 내가 무서워 기도하고 싶은데
그냥 자꾸 눈물이 나네.
두 손 모으기가 이렇게 힘든 건지 미처 몰랐어.
∥ 대학로 찻집 [다솔방]

13

나의 절박한 바람

진실한 글을 쓰고 싶다.
청산가리 부침개로 부쳐놓고
배고프면 한 입씩 집어먹으며
삶의 진실을 쓰고 싶다.

아름다운 시를 쓰고 싶다.
사약 한 그릇 약탕기에 달여놓고
지칠 때면 한 모금씩 받아먹으며
세상의 아름다움을 쓰고 싶다.

솔직한 마음을 쓰고 싶다.
오랏줄 동그랗게 매어놓고
남 안 볼 때면 한 바퀴씩 목에 감고
죽음 앞에서의 솔직함을 쓰고 싶다.

삶을 사랑하는 마음으로
세상을 믿는 마음으로
죽음을 경외하는 마음으로
목숨을 펜촉 대신 박아넣고
∥고려대학교 국어교육과 익명게시판 [속주머니]

세상에 제대로 설 때까지

책상에만 앉아 있으려니
예전에 여행 다니던 기억들이 문득문득
글자 위로 겹쳐 보인다.
끊어질 듯 끊어질 듯 떠오르는 기억 속에서
내가 살아가고 있다는 것,
그리고
한살 한살씩 나이를 먹어가고 있다는 것을 느낀다.

멀리서 보기에는 너무나 아름다운 것도
그 안에 들어가 실체를 본 후론
더이상 아름다운 눈으로 바라볼 수 없었던 기억,
눈시울이 붉어지던 그때의 기억이
그후의 다른 경험에서도 비슷하게 겹쳐진다.

시간이 갈수록
얻음에는 그만큼 포기해야 할 것도 늘어나고……

이 세상에 제대로 서서
주위를 돌아볼 수 있는 위치에 이르기까지
나는 노력하고 싶다.
힘들더라도……

@ 인사동 카페 [시인학교]

시간이 해결해 주리라

생각과 감정의 변화는
너무나 불확실해서 믿을 수 없다.
내가 지금 무엇을 느끼는지는 중요하지 않고,
느낌의 대상인 사물과
앞으로 맺게 될 관계를
곰곰이 따져보는 것이 현명하다.

자유는 버거우나 구속은 답답하다.
그러나 이도 저도 아닌
미지근한 회색빛 공간에서
숨쉬는 것 역시
이제는 지겨울 따름이다.

역시 언제나 그렇듯이
시간이 해결해 주리라.
편안하게 좋게좋게 낙관적으로
조급해 하지 말고
여유를 갖고
시간이 흘러가기만을 기다리면 되는 거다.
늙어 죽어버려도 상관없다.
  ∅중앙대학교 심리학과 익명게시판 [월덴 Ⅱ 토론실]

16

시작은 자유롭다

이제

준비를 하자.

세상을 향해

날아오를

준비를 하자.
∥ 단국대학교 통신동호회 익명게시판 [비밀 일기장]

벽과 벽돌

열두 살 때 아버지께서
「길이 50피트, 높이 14피트의 벽을 쌓으라」고
하신 적이 있었는데
6개월에 걸쳐 간신히 완성했다.
돌이켜보면 우리는
아버지가 자살을 기도하기까지 바랐던 것 같다.
아버지가 정신병원에 가시면
그 일을 끝내지 않아도 되니까……
하지만 우린 벽을 완성할 수밖에 없었다.
「거 봐라. 이제부터는 무엇이든
못하겠다는 말은 하지 말라」고 아버지는 말씀하셨다.

벽돌은 한 번에 한 장씩만 쌓을 수 있다.
그것이 언젠가는 벽이 된다.

난 벽 따위에는 관심이 없다.
다만 그 하나하나의 벽돌에 집중할 뿐.
∥ 서울대학교 국어국문학과 익명게시판 [비밀일기]

18

느낀다는 건 살아 있다는 것

나만이 가진 것은 아니다.
내가 느끼는 고통, 고민, 좌절……
우리 모두 느끼고 있는 것들

실패에의 두려움 역시
우리 모두 느끼는 것이다.

느낀다는 건 곧 살아 있다는 것
우린 이 공간에서 함께 존재한다.
ℓ 정독도서관 여자화장실

가장 멋진 배신은 사랑

희망을 갖는 일이 두려워
결국 적응하게 되고, 지속되기를 바라지
희망을 갖는 것은 무언가를 믿는 거야
당신은 희망의 결과가 뭐라고 생각해?
삶은 늘 우리를 속여서
희망은 믿으라고 있는 게 아니야
배신을 가르쳐주기 위해 있는 거야
희망을 가지면 난 약해져.

가장 불온하고 멋진 배신은 사랑이 아닐까?
사랑은 자유를 배신하고
법치주의를 배신하고
사랑하는 사람을 배신하고
지속되기를 거부함으로써
사랑 그 자체를 배신하지.

사랑은
네 스스로 만든 환상을 깨뜨려서
너 자신까지도 배신해.
  ℓ 연세대학교 통신동아리 익명게시판 [비밀얘기 하나!]

새벽의 허무

새벽에
구멍이
뚫렸다.
그
커다랗게
빛나는
우윳빛
허무

ℓ 고려대학교 국어교육과 익명게시판 [속주머니]

기 적

기적이란
자기기만에서 탈출하고도 살아남는 것,
온갖 괴로운 자극으로부터
자신을 보호하려고
더이상 자신을 기만하지 않아도 되는 것,
기만당하지 않으리라는 확신을 가지는 것.

「기적」이 일어나면 이런 일들이 일어날 것입니다.

ℓ 서울대학교 국어국문학과 익명게시판 [비밀일기]

제길, 이렇게 살려고

제길……
이렇게 살려고
여기까지 왔어?
정말
죽기보다 힘들군.
ℓ 연세대학교 강의실 복도

나를 제대로 보다

글을쓸수있게되었다
형식속에서부화된
날수는없겠지만
그래도날개가
붙어있다면
희망이라
믿을수
있을
알을
내가
낳았
다

　　　　　환한 대낮에 생각을 했었는데
　　　　　환한 대낮에 시한편 썼었는데
　　　　　환한 대낮에 그림을 그렸는데
　　　　　하나 어색하지 않았고 좋았다

「환한 대낮」에 나는 드디어
나를 제대로 보게 되었습니다.
너무나 뒤늦었지만
서두르지 않겠습니다.
　ℓ 명지대학교 문예창작과 익명게시판 [무진행 버스]

24

자 살

「자살에는 타당한 이유가 있고
최선의 길을 선택한 것이다」

그래
나도 이 말에 공감한다.
나도 자살을 생각해 보았으니까
의욕상실,
사는 이유가 없으니까 살 필요조차 없고……

「오늘은 어제 죽은 이가 살고 싶었던 내일」이라지만
그에게는 필요한 시간이었던들
나에게는 쓸모없는 시간일 수도 있다.

그래서 날마다 죽는다.
살면 무엇하겠는가
사는 것 그 자체가 고통인데
오늘도 빨리 마감하고 싶다.
용기 있게

∬ 연세대학교 통신동아리 익명게시판 [비밀 일기장]

달리고 있는 사람들에게

함께 달리기를 시작한 사람들아,
끝까지 열심히 뛰어가자.
지친다고 중간에서 하나 둘 빠지지 말고……
인생은 마라톤이라잖아.
ℓ 정독도서관 여자화장실

특별한 날에 하고 싶은 일

가끔은 태어났음을 슬퍼할 때가 있습니다.
그래서 죽음을 생각할 때도 있죠
하지만 그것이 남아 있는 이들에게
얼마나 커다란 상처를 남기는가를
알지 못할 때가 더 많습니다.

가끔은 살아 있음이 기쁠 때가 있습니다.
그래서 정말 행복한 미소를 지을 때도 있죠
하지만 그것이 얼마나 고마운 일인가를
잊고 있을 때가 더 많습니다.

오늘은 살아 있음을 행복으로 여길 수 있는 날입니다.
태어났음을 많은 이들이 고마워한다는 걸
조금은 느낄 수 있습니다.

오늘은 나에게 특별한 날입니다.
하지만 다른 이들에겐 별반 다를 것 없는 하루입니다.
무언가 특별한 일을 하고 싶지는 않습니다.
단지 아주 오래 전에 잊어버렸던 일들을
이 특별한 날에 조용히 꺼내보고 싶습니다.

∥동덕여자대학교 통신동호회 익명게시판 [쉿~!]

고래가 수면 위로 뛰어오르는 순간

고래가 바다 깊숙이 있을 때에는
고래를 잡을 수 없다.
고래가 수면 위로 뛰어오르는 순간
고래를 향해 수많은 창살이 던져진다.

인간도 마찬가지이다.
벼가 익을수록 고개를 숙이는 것처럼
자만하지 않고 겸손할 때
사람들은 함부로 트집잡지 못하지만
자만이 가득할 때에는 수많은 비난이 쏟아진다.
✗ 서강대학교 통신동호회 익명게시판 [사색으로의 초대]

사람은 무엇으로 사는가

사람이 태어나면 살기 위해서 산다.
30세까지 잘 살기 위해 최선을 다하며
죽도록 고생한다.
30세가 넘어가면
서서히 죽을 준비를 해야 한다.

그럼 무엇하러 살까?
하고 묻겠지만
현재라는 순간이 있어서
과거나 미래를 잊을 수 있는 것.
현재가 중요한가
미래가 중요한가
현재가 있어서 미래가 존재하는 걸까
미래를 위한 현재가 있는 걸까.
　ℓ 한양대학교 남자화장실

외로움

슬퍼하지 말아요.
외롭다고 느낄 때……
흘러가는 세월
그 속에 묻히는
외로움도 잠시죠

인사동 카페 [시인학교]

살면서 얻은 몇 가지 생각들

연대는 동정과 달라서 입장의 동일함을 바탕으로 한다. 입장의 동일함은 대체로 세상을 보는 인식의 눈을 공유하는 지점에 있다. 이미 거기서 연대는 시작된다.

대화의 부재는 믿음의 상실을 낳고, 믿음의 상실은 오해의 골을 깊게 하고, 오해의 깊은 골은 만남을 방해한다. 만남의 방해는 다시 대화의 부재를 낳는다.

망설임은 자신에 대한 믿음이 투철하지 못함이다. 자신 앞에 당당하지 못한 자는 누구에게도 당당할 수 없고, 항상 망설임의 그물을 빠져나오지 못한 채 살아간다.

나의 사고는 극단을 향해 달리는 열차와 같아서 부딪힐 듯 부딪히지 않지만, 서로가 서로의 옆으로 지날 때 고통스런 몸부림을 한다.

우리는 단일한 사랑이 존재하지 않는 시대에 살고 있다. 무작정한 사랑의 남발은 사랑 스스로가 설 곳을 잃어버리게 하고, 이제는 사랑이 아닌 사랑만이 판치고 있다.

ℓ고려대학교 국어교육과 익명게시판 [속주머니]

살아온 그리고 살아갈

하나
둘
셋
넷
다섯
여섯
일곱
......
스물하나
스물둘
스물셋
스물넷
스물다섯

내가 살아온 스물다섯 해를 사랑한다
내가 살아온 스물다섯 해를 증오한다
내가 살아온 스물다섯 해를 아쉬워한다
내가 살아온 스물다섯 해를 그리워한다
내가 살아온 스물다섯 해를 생각한다
그리고
내가 살아갈 스물다섯 해를 고민한다.

ℓ 전북대학교 통신동호회 익명게시판 [혼자만의 이야기]

술술술

술술술
술이 고프다
술술술
일이 잘 풀릴까
아니지
나도 알지
그렇지만 술술술
술이 많이 고오프다.
비 오는 날
내 마음을 알아주는 다정한 친구와
한잔 술에
허허
취할 수 있으면
얼마나 좋을까.
술술술
수~울이 고픈 날이다.

ℓ 이화여자대학교 통신동호회 익명게시판 [혼자만의 마음속 이야기]

무지의 지

제기랄!
이곳에 오니 더 모르겠군요.
아! 제가 아는 건 한 가지 있네요.

「無知의 知」

사랑에 대한 무지
글에 대한 무지
나 자신에 대한 무지
세상에 대한 무지
·················

수많은 무지한 것들을 나열할수록
텅 빈 허무한 공간이
더욱 넓어져감을 느낍니다.
— 미천한 생
∅ 인사동 카페 [시인학교]

34

나는 지금 어디에 서 있는 것일까

3월이 다 지나갔다.
나는 지금까지 무엇을 했고
지금은 무엇을 하고 있으며
또 앞으로는 무엇을 해야 할까?

나는 지금 어디에 서 있는 것일까?
막막한 바다 위를 떠다니는 조그만 통나무배?
가도 가도 끝이 없는 컴컴한 동굴 안?

차라리 그런 곳에 있었으면……
그러면 언젠가는 벗어날 수 있다는
희망을 가질 수도 있지 않을까?
지금 내가 서 있는 이 자리,
얄궂은 신은 왜 나를 열리지 않는 문으로만
굳이 데리고 가시는 것일까?

✑ 서울대학교 국어국문학과 익명게시판 [비밀일기]

한없이 작아지는 나

나는 왜 이렇게 한없이 작아지기만 할까?
어릴 적엔 이 나라 대통령도 성에 차지 않았는데……
자라가는 것
커가는 것은
자신의 꿈을 갉아먹으며 작게 만드는 거라는데……

이제 조금씩 세상의 실체를 바라본다.
내게 늘 호의적인 것도 아니고
배타적인 것도 아닌 세상,
그것이 내 존재에 대한 초라함을
더욱 뚜렷이 느끼게 한다.

명지대학교 문예창작과 익명게시판 [무진행 버스]

우리는

우리는 한 쌍의 레일이다. 일정한 거리에서 서로를 바라볼 수밖에 없는 레일이다. 서로에게 다가서지도 못하고 또 벗어나지도 못하는 우리는 레일이다.

우리는 나침반을 잃어버린 배이다. 태풍을 만나면 태풍을 피하고 상어를 만나면 상어를 피해 키를 돌리는 우리는 나침반 없는 배이다. 바다는 막막하다.

비가 주저리주저리 토하는 날에 막차가 지나간 경부선의 레일이 붉게 타들어갈 것이다. 서울부터 부산까지 모두가 타들어가면…… 첫차는 불을 끈다.

애석하게도 우리는 혼란을 잉태하고 태어난 세대이다. 절망도 보지 못하고 혼란도 보지 못하고 슬픔도 느끼지 못하는 독을 품은 장님이며 불감증 환자다.
∥ 고려대학교 국어교육과 익명게시판 [속주머니]

스무살의 추억 혹은 기억

고등학교 때 같이 공부한답시고
매일처럼 어울리던 친구들을 만난 저녁,
흐뭇한 표정 같기도 하고
쓸쓸한 표정 같기도 한 것이
어쩌면 지나간 시간들
지나간 20대 초반의 추억을
되씹고 있었던 것은 아닐까.
스물넷 혹은 스물다섯의 우리를
이제는 익숙하게 받아들이고
더 팔팔한 친구들
우리보다 훨씬 더 꿈을 믿는 친구들
그런 그들의 모습이 부러웠던 것일 게다.
뭐 얼마나 나이를 먹었다고
벌써부터 늙은이 같은 얘기를 하느냐 할지 모르지만
삶의 어느 순간에 서 있든지
추억 혹은 기억이란 재산은 있는 법.
아무것도 모른 채 무턱대고 덤비던 내 스무살 무렵,
그 빛나던 시간을
나는 무엇을 위해 그렇게도 정신없이 보냈을까.
그동안 얼마나 속이 익었으며, 또
얼마나 나의 꿈에 가까이 다가가 있는 것일까.
　ℓ 서울대학교 국어국문학과 익명게시판 [비밀일기]

38

이렇게 비가 내리면 사발면이 먹고 싶다

만약 무의식이라는 것이 있다면,
그것이 됫박 하나만큼의 물도 다
들어가지 않을 것 같은 나의 해골 속에서
나름대로의 자리를 차지하고
스스로의 세계를 구축해 놓고 있다면,
그 안을 한번 들여다보고 싶다.
혼수상태에 빠지더라도 나의 의식을 데리고
한 3일 정도 그곳으로 배낭여행을 다녀오고 싶다.
가끔씩 꿈과 함께 찾아오는 낯익은 풍경들의 출처도
확인해 보고 싶다.

세상에 더이상 볼일이 없다며
스스로에게 다짐하고 신발 곱게 벗어놓은 채
13층에서 뛰어내린 사람이
10층에서 미처 떠올리지 못한 볼일을 생각해 내고서는
다시 올라가고 싶어진다면 어떤 기분일까?

「이비사」는 무슨 뜻일까?
이렇게 비 내리는 날이면 사발면이 먹고 싶다?

한심한 상상력이다.
ℓ중앙대학교 심리학과 익명게시판 [월덴 Ⅱ 토론실]

울고 싶은 날

정말 울고 싶은 날인데
어쩔 수 없이 웃어야 하는 날,
눈물이 쏟아지기 직전까지도
웃으며 인사를 해야 하는 날,
그런 날
나는 피에로의 가면을 뒤집어쓰고 산다.

외로운 사랑이 아닌 행복한 사랑을 하고 싶다.
내가 너무 지쳤나
가슴에 응어리진 많은 것들이
나를 가만히 두지 않고 계속 흔들어댄다.
「울어, 그래 울어!」

언젠가는 툭,
터질 듯이 위태위태한 요즈음의 나의 나날들.
∬ 한국외국어대학교 행정학과 익명게시판 [비밀일기]

새로운 세상으로

나의 세상은
이제 소멸하고 있다.
새로운 세상으로
비상을 준비해야 할
때이다.

짐을 꾸려야지.
그리고 나는 다시 태어난다.
ℓ 서울대학교 국어국문학과 익명게시판 [비밀일기]

가끔씩 삶의 의미를 잃고

삶의 의미……
가끔씩 나는 삶의 의미를 잃는다.
어려운 일이 닥치고 힘겨운 일에 부딪히면
불현듯 무너지는 나를 느낀다.

두렵다.
내 삶의 의미는 무엇일까?
희망은 있을까?
부지런한 벌들은 슬퍼할 겨를이 없다던데……

오늘도 한마디로 마감한다.
감 잡았어!
∥원광대학교 통신동호회 익명게시판 [숨겨진 나에게로…]

꿈에서 또 널 봤다!
아주 미쳐버리겠다

사랑을 기다리며

사랑을 하고 싶다
심한 외로움에 지친다.
지금 내리는 비 때문에
더욱 외로운 걸까.
내게도 빨리 사랑이 찾아왔으면……

차라리 날 죽여라

꿈에서 또 너를 보았다
아주 미쳐버리겠다.
이제야 겨우 잊을 수 있을 것 같은데
왜 자꾸 나타나는 거야!
차라리
날 죽여라.

∥ 인하대학교 앞 카페 [스페인]

당신을 좋아해요

하지만말할수없습니다
저는아무리강한척해도
너무나작기만한아이라
당신을좋아한다는말을
도저히할수가없답니다

당신도모르지는않겠죠
내가당신을좋아하는걸
당신도알고있는데그저
모르는척하는거죠그죠
사실전그게더슬픈걸요

당신이내게좋다고말해
주지않는것보다알면서
모르는척하는듯한기분
들게하는그게저에겐더
힘든일이되고마는걸요

ℓ 명지대학교 문예창작과 익명게시판 [무진행 버스]

46

함께 있어 좋은 사람

그대를 만나던 날
느낌이 참 좋았습니다.

착한 눈빛, 해맑은 웃음
한마디, 한마디의 말에도
따뜻한 배려가 있어
잠시 동안 함께 있었는데
마치 오래 사귄 친구처럼
마음이 편안했습니다.

내가 하는 말들을
웃는 얼굴로 잘 들어주고
어떤 격식이나 체면 차림없이
있는 그대로 보여주는
솔직하고 담백함이
참으로 좋았습니다.

기아자동차 사보

철학 시험

나는 생각한다
고로
나는 존재한다.
Ich Liebe Dich
I Love You
……
오늘 철학 시험을 봤어
근데 쓸 말이 별로 없었어
아는 게 있어야지.
사랑에 대해 쓰래
그래서 네 이름만 가득히
써놓고 왔어.
종이 한 장 가득히
네 이름만……

인사동 카페 [시인학교]

사랑은 지나가는 바람

어떤 이는
사랑은 쉽다고 말하고,
또 어떤 이는
사랑은 두렵다고 말하네.
하지만 나는
사랑은 지나가는 바람 같다고 말한다.

ℓ 카톨릭대학교 통신동호회 익명게시판 [nothing]

당신은 아는가, 한 사람의 존재를

당신은 아는가
당신 때문에 아파하고 힘들어하고
눈물 흘리는
한 사람이 존재한다는 것을……
가까이 혹은 멀리서
오로지 당신만을 바라보며 가슴 조이는
한 사람이 존재한다는 것을……

ℓ 카톨릭대학교 통신동호회 익명게시판 [nothing]

몰 두

잠에서 깨어
하루를
시작할 무렵에
그리고
하루를
마무리할 즈음에도
정신없이
지낼 수 있도록
간절히 몰두할 그 무언가가
있었으면 좋겠다.
그를 잊을 수 있게……

ⓞ동덕여자대학교 통신동호회 익명게시판 [쉿~!]

이별하기 좋은 날

「햇빛 눈이 부신 날에
이별해 봤니?
비 오는 날보다 더 심해」

그 아이 앞에서
말없이 이별을 고했던
그날
그날은
참 볕이 좋은 날
혼자서 사랑하고
혼자서 이별했던
볕이 참 좋았던
그런 날
참
슬펐던 날

𝓁 명지대학교 문예창작과 익명게시판 [무진행 버스]

실패에 대한 두려움

아무리 사랑해도
아무리 가슴 아파도
결국은 실패에 대한 두려움 때문에
마음을 드러내지 못하는
비극적인 경우가 있다.

말하고 나면 실패할 것 같은
두려움 때문에
혼자 끙끙 앓고 난 후
아무 일 없었던 것처럼
그냥 그렇게 산다.

뭐, 사는 건 그런 거니까
그렇게 살다가 죽어가겠지.
어차피 산다는 건 참아내는 거니까.

∥ 서강대학교 통신동호회 익명게시판 [사랑에 관한 짧은 필름]

나만 잊으면

이제 포기하려 합니다.
어차피 그 아이에게
나란 존재하지 않았으니
나만 잊으면 됩니다.
아주 간단한 일이었는데
내가 왜 이렇게까지
힘들어했는지……

이제 잠을 자려 합니다.
잠에서 깨어나면
어떤 일에도
힘들어하거나 괴로워하지 않는
내가 되길 기도하며……

지금의 나는
오늘까지입니다.
내일부터의 나는
내가 아닐 것입니다.

ℓ 단국대학교 통신동호회 익명게시판 [마음문을 열고 살다보면]

너는 나의 날씨다

네가 무진장 좋다고
말을 하고 싶은데
겨우 한다는 말은

「날씨가 너무 좋다」

너는 나의 날씨다.
나의 해를 숨기고
나의 달을 삼키고
나의 별을 빛내는
나의 새벽 안개로 다가오는
너는 나의 날씨다.
아무도 예측하지 못하는
너는 나의 단 하나의 날씨다.

오늘도 너에게 전화해서
고작 한다는 말

「일요일 날씨가 참 좋기만 하다」
ℓ 명지대학교 문예창작과 익명게시판 [무진행 버스]

시간이 지나도

시간이 지나도
잊혀지지 않는 것이 있다
멀어지지 않는 것이 있다.

잊혀질 거라는 생각에
몸부림쳐 보기도 했지만
결국은 원래의 제자리로 돌아왔다.

처음부터 알았다면
차라리 솔직하게 인정할 것을 그랬다.
차라리 그 편이 편안했을 것을.

견뎌내야 할 무게가
이제는 나 혼자만의 것으로 오롯이 남아 있다.
그것이 두렵다.

∮ 서울대학교 국어국문학과 익명게시판 [비밀일기]

오늘을잊지않을겁니다

약속했습니다결코오늘을잊지않을거라고결코오늘했던
다짐들잊지않을거라고혼자서쏟아왔던마음들만큼내가
좋아하고그사람역시나를좋아할그런사람을아주아주많
이좋아하기로요아주아주많이사랑하기로요절대로그사
람아프게하지않기를정말누구보다사랑해줄것을누구보
다아껴줄것을절대로그사람상처주지않기를나약속했습
니다그리고많이울었습니다아주아주많이울었습니다그
사람에게는절대로눈물주지않을것을생각했습니다이런
아픈눈물흘리게하지않을거라약속했습니다나는결코오
늘을잊지않을겁니다오래오래기억할겁니다내가사랑하
는사람을오늘같은간절함으로소중하게할것을잊지않을
겁니다오늘아픔보다더더욱사랑할것을잊지않을겁니다
천구백구십구년오월첫날새벽오늘을결코잊지않을겁니
다

ℓ 명지대학교 문예창작과 익명게시판 [무진행 버스]

사랑이란

사랑이란
첫 느낌 그대로만을
간직하는 것이 아닙니다.
변해 가는 모든 것까지
이해할 수 있어야만 합니다.

ℓ 한양대학교 여자화장실

떠날 줄 아는 용기도 사랑입니다

사랑은
한 사람의 삶을
아름답게 만들기도 하지만
피폐하게도 만듭니다.
지금 당신이
누군가를 사랑하고 있다면
한번쯤 생각해 보세요.

당신의 사랑을 받는 사람이
그 사랑으로 인해
행복한지……

만약 그 사람이 당신의 사랑을
버거워하거나 힘겨워한다면
그 사람을 위해 떠날 줄 아는 용기도
사랑입니다.

∥ 한국외국어대학교 행정학과 익명게시판 [비밀일기]

함께 있어 줘서 너무 행복합니다

행복한 웃음을 돌려준 사람이
내 곁에 있습니다.
너무나 감사하고 고맙고 또
기다려지고 보고 싶습니다.
누군가에 의해 내가
웃게 된다는 사실이 놀랍습니다.
이런 건 상상도 못했거든요.
패배감, 열등감, 절망으로 지친 나를
사랑과 용기, 아름다움과 웃음으로
바꿀 수 있는 그 사람……
사랑의 힘이란 경이롭고 신비합니다.
그 사람이라면
인간에 대한 배신과 실망,
그간의 나쁜 기억들을
모두 씻어줄 수 있을 것 같습니다.
함께 있어 줘서 전 너무 행복합니다.
그리고 고맙습니다.

✗ 명지대학교 문예창작과 익명게시판 [무진행 버스]

그래…… 그렇게……

예전의 그 열정은 어디로 갔는지……
이러다가 소중한 사람들과의 관계마저 잃을 것 같아.

그렇게 차츰
잊어가고 잊혀지는 거겠지.
그는 또 나는
서로에게 그렇게도 작은 존재였던가.
아니면 마음의 빈 자리를 메워줄
잠시 동안의 휴식이었던가.

그렇게 잊어가고 잊혀지는 거겠지.
그래…… 그렇게……

ℓ 연세대학교 여자화장실

누구나 한번쯤은

누구나 한번쯤은
다시 그런 날이
오기를 바란다.
그때
그 사람을 우연히라도
다시 만날 수 있기를……
내가
아직도
그를 기억하고 있듯이,
그도
아직
나를 기억하고 있다면
우연히 다시 한번
만날 수 있기를.
간절히……

∥ 대구대학교 통신동호회 익명게시판 [넋두리]

누가 너에게

누가 너에게 말을 걸어오면
너와 친해지고 싶어서이다.
누가 너를 보고 허둥대면
너에게 잘 보이고 싶어서이다.
누가 너를 따갑게 바라보는 것은
너에게 무언가 고백하고 싶어서이다.
누가 너에게 장난치고 농담하는 것은
너를 누군가에게 빼앗기기 싫어서이다.
누가 너에게 지난 시간을 들추면
너를 보내기 위해서이다.
누가 너의 뒷모습이 사라질 때까지 바라봄은
네가 곁에 있어 주길 바라서이다.
누가 너의 곁을 냉정하게 지나감은
감정을 주체하지 못해서이다.
누가 너에게 이유없이 「고맙다」란 말을 자주 하면
너를 사랑해서이다.
누가 너를 보고 고개 돌리는 것은
너를 잊기 싫으나 잊어야 함을 감추는 것이다.
누가 너에게 이런 시를 적어주는 것은
너의 모든 것을 사랑해서이다.

ℓ충북대학교 통신동호회 익명게시판 [세상 밖으로]

길에서 만나다

어쩌면 사랑에 빠질 것도 같아서
마음 졸이는 하루하루
이렇게 사랑이 불어오면
내 영혼의 땀을 식혀줄 것인가.

기다리는 편지는
감기보다 지독하다.
주저앉을 줄 모르는 기다림
앉을 자리는 더더욱 없다.
류이치 사카모토의 〈Rain〉보다 더 절절한
유희열의 〈길에서 만나다〉를 듣는다.

난 사실 길에서 만나면
어떻게 해야 할지 모르겠다.
아마 숨고 싶을 것이다.
과거의 내가 더 나아 보일 거라는
강박관념에 시달리면서……

ℓ 명지대학교 문예창작과 익명게시판 [무진행 버스]

누군가를 죽도록 사랑할 때의 기분은

차라리
누군가를 죽도록 사랑할 때의 기분은
짝사랑일지라도
답답해서 죽을 것 같을지라도
텅 비어 있는 외로움보다
얼마나 더 행복할까.
공중에 떠 있는 듯한 이 느낌……
그래서 난
그 사람에게 그토록 집착했는지도
몰라.
이 외로움이 싫어서……
아,
지금의 비어 있는 이 느낌이 얄미웁도록 싫다.
가슴이 시리다.

ℓ 서강대학교 통신동호회 익명게시판 [사랑에 관한 짧은 필름]

사랑에 관한 짧은 이야기

언젠가부터 가슴속 깊이
작은 새가 날아다닌다.
한때는 이쁜 새장을 만들어
그 새를 가두어둔 적도 있었다.
이쁜 새장에 있는 그 새와
나는 행복한 시간을 보냈다.
그러던 어느날
이제는 새장의 문을 열어달라고 한다.
그럴 수는 없다.
그 새는 나의 전부이다.
눈물의 의미를 일깨워준 나의 작은 새……
그후로
그 새는 내 가슴속 깊은 곳에서
멀리 혹은 가까이……
그렇게 날아다닌다.
  Ⅹ 카톨릭대학교 통신동호회 익명게시판 [nothing]

누군가가 필요해서

누군가가 필요해서 사랑을 시작했다.
꼭 그 사람일 필요는 없었지만
그때 그가 내 앞에 있었기에
나의 외로움은 그에게 전적으로 빨려들어 갔다.
그러기를 7개월,
이제 그를 떠나보낸 후
또다시 겪을 외로움과 집착이 두려워
믿음, 사랑이란 이름으로 그의 곁에 있는다.

사랑이란 건 뭘까.
단지 지치도록 외로울 때
기댈 수 있고
나와 비슷하고
그러다 정들면
그를 사랑이란 이름으로
형식화하고, 얽매고, 구속하고, 집착한다.

나에게 진정한 사랑……
내가 절실히 외로울 때 오는 것은 아닌 듯하다.
외로움을 이해하고 혼자서도 잘 살아갈 수 있는 그때
비로소 객관적인 안목이 생기는 것 같다.

ℓ 성균관대학교 여자화장실

불특정 다수와 특정인물

항상
나는 불특정 다수가 필요했다.
그냥
막연히 누군가가 필요했다.
그 누군가가 누구인지 모르지만
그냥 그가 내 앞에 나타나주기를 기다렸다.

그런데 누가 그러더라.
사랑은 누군가가 필요한 게 아니고
바로 그 사람이 필요한 것이라고……

나도 이젠
특정인물이 필요하다는
그런 감정을 느끼고 싶다.

⸮ 인하대학교 여자화장실

그의 목소리

그는 늘
친근한 어조로 말을 건넨다.
한때
그러한 말들을 꼭
나만이 받는 듯 착각하고
가슴 설레인 적도 있었다.

삐삐에 흘러든 그의 목소리에는
여전히 따뜻함이 묻어나지만……

이제는 속지 않는다.
누구에게나 건네는
상품화된 그의 목소리.

ℓ 서울대학교 국어국문학과 익명게시판 [비밀일기]

편협은 비수가 되어

생각만
그랬을 뿐이다.
남겨진 것과 버려진 것의 차이
더듬거렸던 숱한 기억
수채화보다 선명했던 낭만들

너를 만난 적은 한번도 없는데……
혼자서 익숙하지 못한 붓질만 해대고 있다.
조일수록 빠져나가려 하는
거부감에 찬사를 보내며 웃어도
그 어리숙한 편협은 비수가 되어
심장 구석구석을 익숙하게 찔러온다.

무뎌진 아픔
감각이 없다.
*고려대학교 공개일기 [내 생각 & 네 생각]

착 각

한 남자가
나에게
잘해 주면
그는
다른 여자에게도
잘해 준다는 것을
그때
나는
몰랐었다.

∫덕성여자대학교 통신동호회 익명게시판 [내 맘속 얘기]

그냥, 그렇다고 하자

당신을 생각하지 않았다면 그건 거짓말이다.

당신의 뜬금없는 말들……
나도 어리지 않다고,
당신의 그 말 다 믿을 정도로 바보는 아니라고
그렇게 항변하면서도 당신의
한마디 한마디가 어느 순간 파문을 일으키고
갑자기 떠오르는 당신의 얼굴

그러나 좋은 감정은 좋은 감정일 뿐
나는 당신을 사랑하는 것이 아니다.
그냥…… 아니라고 하자.

당신과 나 사이의 알 수 없는 엇갈림
아마도 당신은 나의 20세의 봄에
함께 있을 사람은 아닌 모양이다.

내가 여느 때와 다른 봄을 맞아 낯설어진다면
그건 당신 때문이 아니다.
모두 나 때문이다.
그냥…… 그렇다고 하자.
∥ 명지대학교 문예창작과 익명게시판 [무진행 버스]

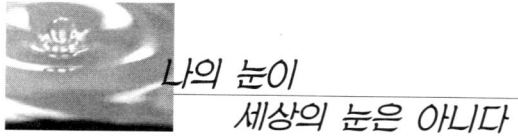

나의 눈이
세상의 눈은 아니다

나는 나, 너는 너

「나」를 「우리」라는 울타리로
묶어버리기 위해
「나」에게 무수한 희생을
강요하려 들지 말라.

「나」는 나

「너」는 너

∅ 인하대학교내 공중전화 부스

형식이라는 것

시간이 지날수록
형식적인 것이
형식을 위한 것이
너무나 싫다!

형식이라는 틀 자체를 싫어하면서도
그것을 지키는
또는 지켜야만 하는
나는
더욱 싫다!

ℓ 서강대학교 통신동호회 익명게시판 [사색으로의 초대]

새로운 「안경」을 준비하는 사람들

때를 기다리는 문제라면
당신 말도 맞을 건 없는 것 같소.
움직임이 눈에 보이는 때가 있소.
거부할 수 없는 역사의 흐름이
신과 나의 심장을 두드릴 때가 있단 말이오.
그때가 아닌 바에야 열심히 뛰어다니는 것은
자칫 바보짓이 될 수도 있단 말이오.
더군다나 스물을 갓 넘었거나 스물이란 나이를
이제 겨우 회의할 당신의 연륜을 생각할 때
그것은 더욱 그렇소.
눈에 아무것도 보이지 않을 때,
역사가 잠시 안개 속에서 무언가를 준비하고 있을 때,
우리는 안개를 뚫고 볼 수 있는
새로운 「안경」을 준비하지 않을 수 없소.
안경을 만드는 자들에게 「그건 아닌 것 같다」고
함부로 말하지 마시오.
그러나 당신이 틀렸다는 것 또한 아니오.
아마도 당신은 진지한 사람일 것이기 때문에
당신이 하는 것은 얼마간 옳을 것이오.
그러나 잊지 마시오.
안경을 준비하는 사람들도 상당히 옳소.
　　서울대학교 국어국문학과 익명게시판 [비밀일기]

76

상식이 통하는 사회

대다수의 사람들이 옳다고 믿고
암묵적으로 동의하는 것이 상식 아닐까요?
전
우리 사회에서
이런 상식이 통했으면 합니다.
「이건 아닌데」라는 생각이 든다면
미련을 갖지 말고
당장 그만두십시오.
그리고 상식을 지키세요.

ℓ 단국대학교 통신동호회 익명게시판 [마음문을 열고 살다보면]

친구의 죽음

끝없는 탄식과 비탄의 그 목소리
그의 탄식에 건배
그의 노래에 건배
그의 영혼에 건배
그의 죽음에 건배
그의 안식에 건배
ᵡ부산대학교 통신동호회 익명게시판 [넋두리]

더이상 간섭하지 말자

담배도 하나의 기호품이니
남자든 여자든
좋아서 피우는 거라면
다른 사람이 뭐라고 간섭할 필요가 있을까.
그것이야말로 자기중심적인 사고가 아닐까.
선택은 본인의 문제지
그 사람이 그것을 선택한다고 해서
남이 비난할 수는 없다.
담배가,
특히,
여자에게,
몸에 좋은지 안 좋은지는
그녀가 더 잘 안다.

ℓ 카톨릭대학교 통신동호회 익명게시판 [nothing]

돈에 환장한 놈들

남자는……

남자는 돈이 많아야 한다.
행복은 성적순이 아니고
Money 순이다.

돈에 환장한 미친 놈들
미친 놈에 환장한 웃기는 세상!
Ⅺ 부산대학교 통신동호회 익명게시판 [넋두리]

아직 끝나지 않았다

모두들 이제 끝났다고 하지만
그래도 무언지 모를 가느다란 희망을 부여잡고
진지하게 살아가지 않는가.

아직 어떤 것도 끝나지 않았다.
자, 무엇이든 한번 해보자!
책장만 뚫어지게 쳐다보지 말고
직접 땀을 흘려보는 거다.
그래,
땀을 흘려봐야 무엇이든 수가 생기지.
다리 꼬고 의자에 앉아서 엉덩이만 덥힌다고
뾰족한 수가 있나.
부지런히 움직여보자!

∥ 서울대학교 국어국문학과 익명게시판 [비밀일기]

내 몸의 주인은 나

예전에 남자친구가 그랬습니다.
「전에 네가 누군가와 성관계를 가졌어도 괜찮아」

하지만 저는 그 말에 고마워하지 않았습니다.
도리어 화가 났습니다.
아무리 좋아했던 남자친구지만……
내 인생에 대하여
「괜찮다, 안 괜찮다」라고 평가할 수 있는 것은
나만의 권한이라고 생각했기 때문입니다.

누구나 자신의 몸을 아낄 줄 알지 않을까요.
그렇다면
상대방의 몸에 대해서도 생각해 주어야겠지요.
ℓ 카톨릭대학교 통신동호회 익명게시판 [nothing]

카페에서 만난 사촌 여동생

카페에서 만난 사촌 여동생,
고1인 그 녀석은 미국에서 태어나
초등학교 2학년 때 한국에 온 귀여운 애!
영어는 거의 미국인과 비슷한 수준,
학교성적도 최상위권인데
힙합바지에 염색을 하고 담배도 피운단다.
또「붉은 악마」회원으로 열성적인 활동파여서
국가대표 축구경기가 있는 날이면 서울에 올라와
광란의 도가니에 몸을 맡기고……
성적이 좋으니
부모님도 상관않는다며 무심한 표정이다.
장래 희망은
체육대에 진학해서 치어걸 아르바이트를 하고
졸업하면 미국에서 스포츠 마케팅을 공부한 뒤
FIFA에 취직하고,
나중에는 한국 프로축구의 발전에 이바지하는 것.
「범생이」인 나는 더이상 할 말이 없다.
담배를 꼬나물고 하는 말,
「불 없어요?」
얼떨결에 붙여주며 하는 말,
「이래도 되는 건가?」
∥ 서강대학교 통신동호회 익명게시판 [사색으로의 초대]

골빈 대학원생

돈과 시간은 많고
취직은 안되고
놀고는 싶고
시집갈 생각은 아직 없고
있어 보이고도 싶고……

물론
모두 다
그렇다는 뜻은 절대 아닙니다.

∅ 부산대학교 통신동호회 익명게시판 [넋두리]

내 색깔을 잃기 싫어

곧 군대에 가야 한다.
군대로 인해 잃게 될 많은 것들……
안타깝고 서글프다.
20대의 황금기를 그곳에서 보내고 나오면
겨우 어른이 된다지만
나에게는 어른이 된다는 것 자체가 식상해.
뻔히 보이는 모습에 편입되어
내 색깔을 잃어가는
그런 자신을 만나게 될까 두려워.
ℓ 카톨릭대학교 통신동호회 익명게시판 [nothing]

거대 담론이 사라진 시대

거대 담론이
사라진 시대……
우리는
무엇을 위해 살아야 하나.
진지한 생활이
필요한 때이다.

∥ 고려대학교 남자화장실

말단 공무원과 IMF 유감

돈 조금 먹었다가 붙잡히는 말단 공무원
수백 배의 돈을 먹고도 안 잡히는 고위층.
고위직에 있는 x들은 힘이 있을 테니
애들 풀어서 입 막으려고 노력했을 테지만
말단 공무원이야 무슨 재주가 있으랴.

저번에 한 뉴스에서 보았다.
어느 부자의 마누라는
「아이엠에프 시대가 차라리 좋다」고 하던가.
가난한 이 시대에
밤새워 도박해서
하루 저녁에 수억을 날리고
어떻게 그런 삶이 있을 수 있는지……

평범한 소시민인 나로서는
도저히 이해할 수 없는 일이라네.

∅ 건국대학교 통신동호회 익명게시판 [마음속 속삭임]

피우려면 당당하게 피우시오

언제나 화장실에 콕,
처박혀 담배 피우는 여자들이 있다.
참으로 안쓰러워
에휴, 저러느니 안 피우고 말지.

특히 화장실의 「칸」 안에서 피우는 xx들!
다시 불러 세워서
거기에 일주일쯤 감금시키고 싶어.
입으로만 남녀평등 주장하지 말고
남자들처럼 그냥 밖에서 피우든가
아니면 아예 피우지 말든가.

너무 웃기는 건 내 친구들이다.
남자들 앞에서 내숭 떨며
담배 꺼내기를 꺼려하는 모습,
그래서 화장실에 숨어들고
인기 떨어질까봐……
쯧쯧,
아무리 친한 친구지만 한심한 기분이 든다.
왜 담배 피우는 자신에 그렇게 자신 없는가?
ℓ 카톨릭대학교 통신동호회 익명게시판 [nothing]

있는 자와 없는 자

오늘 신창원이 잡혔다고 합니다.
그런데 왠지 안타까운 마음이 들더군요.
그는 탈옥수에다 절도범인데
무언지 모를 울분까지 끌어오르더군요.

무지하고 없는 자에게
법이란 사기와 다를 바 없다고 생각합니다.
배고파 김밥을 훔치다 어린 나이에 경찰서에 잡혀가고
오늘도 누군가의 제보로 끌려가는군요.
여러분 보셨나요?
검거된 신창원의 표정을……
무엇이 그를 그렇게 만들었나요?

다음 뉴스가 계속됩니다.
임창렬 구속이라는……
그는 상당히 여유 있고 비교적 밝은 표정이더군요.
악수를 하고 국민께 죄송하다고 인사까지 하면서……
그것이 과연 구속되는 사람의 표정일까요?
곧 보석으로 풀려날 것을 예감했기 때문일까요?

있는 자와 없는 자의 상반된 두 표정이었습니다.
∥ 단국대학교 통신동호회 익명게시판 [비밀 일기장]

준비하는 여성이 됩시다

인류의 역사에서 여성의 발자취가 작게 인정되는 것은
여성에게도 책임이 있다고 본다.
자신의 개인사나 몸담고 있는 일이나 조직에서
과거와 현재, 미래를 관망하고 연결하는 것에
소홀하기 때문이라는 생각이 든다.
현재가 오기 전인 과거가 현재일 때
무엇을 해두어야 하는지
꼼꼼히 점검해 두는 버릇을 갖는다면,
과거의 미래가 되는 현재에
충실하게 표현하고 또한 정리해 둔다면
그 발자취는 여러 발자취와 함께 섞여
커다란 방향지시표가 될 텐데.

거창한 이야기를 하고 싶었던 것은 아니다.
친구들이 막상 일이 생기면
의지할 누군가를 찾아
안타까운 눈빛을 어지러이 보내는 모습을 보고
실망했기 때문이다.
그리고는 구실 좋게
자유에 대해서만 말하려 드는 그녀들……
　ℓ 이화여자대학교 통신동호회 익명게시판 [혼자만의 마음속 이야기]

여자의 과거와 남자의 과거

전
어설픈 페미니스트도 아니고
피해의식을 가진 여자도 아닙니다.
다만
여자의 과거를,
여자가 남자의 과거 이해하듯이
그렇게
이해해 줄 남자가 얼마나 될지
그것이 궁금하군요.

ℓ 카톨릭대학교 통신동호회 익명게시판 [nothing]

혼란의 시대

적마저 제대로 보지 못하는
혼란의 시대에 우리는 살고 있다.

모든 진선미한 가치를 하나로 담아낼 수 있는
사랑이라는 말도
입에 담기 부끄러운 시대에,

이 시대를
나는 부지런히 떠나자.

우리는 떠나야만 한다.
∥고려대학교 국어교육과 익명게시판 [속주머니]

가수 박진영이 말하는 남녀평등

그는 여자가 경제적으로 독립해야
진정한 남녀평등을 이룰 수 있다고 했다.
또 남녀는 서로 기대는 관계가 아니라고 했지.
그의 말이 맞다, 논리적으로는
늘 정에 얽매이는 우리의 정서에
그것은 현실적으로 매우 어려운 일

경제적인 독립과 상관없이
인간은 혼자서는 살아갈 수 없는 존재.
더더욱 사랑하는 사이라면
내가 상대방에게, 상대방이 나에게
서로 필요할 때 기대기만 할까.
박진영의 주장은 1+1=2일 뿐이라는 말인데……

난 여자의 경제적인 독립에는 찬성하지만
그 때문에 다른 중요한 것을 저버려 삭막해진 가정은
가정이 아니라고 본다.

그가 페미니즘적 발언을 하는 것은
여성팬들의 인기를 염두에 둔 상업적 전략이 아닐까.
나는 왜 순수하지 못한가?
∥ 카톨릭대학교 통신동호회 익명게시판 [nothing]

학벌과 능력은 비례한다

학벌과 능력은 대체로 비례한다.
현실적으로
우리 나라에서는 그런 경향이 강하지.
그럴 수밖에 없지 않은가
돈 많은 갑부집 아들이나
특별한 재주를 가진 사람을 제외하곤……

능력우선주의가 이 땅에 뿌리 내리려면
아직 멀었다.

∥ 카톨릭대학교 통신동호회 익명게시판 [nothing]

스무살의
추억 혹은 기억

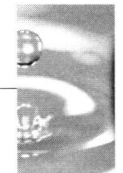

나의 눈이 세상의 눈은 아니다

오해를 받았다.
아주 지독한 오해를……
그리고 그 사람은 내 행동에 대한 평가마저도
서슴지 않고 내려버렸다.

왜 나에게 먼저 얘기하지 않았을까?
변명할 기회도 없이
그 친구에 대한 신뢰를 잃어버린 난
며칠째 괴롭다.
평소처럼 그냥 내 잘못이려거니 하고 넘어가기엔
나의 상처가 너무나 크다.

나의 눈이 세상의 진실을 다 볼 수는 없다.
하지만 진실을 알기 위해
노력조차 하지 않는 세상이 날 힘들게 한다.
∥ 서울대학교 국어국문학과 익명게시판 [비밀일기]

내 능력으로 평가받고 싶다

내가 가진 능력으로 평가받고 싶습니다.
선배들이 잘나서 만든 명성에
살짝 편승해서 살고 싶지는 않습니다.
능력과 개성이 중시되는 요즈음
학교 이름 가지고 일류니 이류니 따지는 것이
무슨 의미가 있는지요?
학교의 수준은
학교를 다니는 학생들에 의해 결정됩니다.
우리가 가진 자부심이 학교를 일류로 만드는 거죠.

똑똑한 사람 하나가
1만 명은 먹여살릴 수 있다고 합니다.
그러니 대학교육을 받은 엘리트가
절실히 필요하지요.
그러나 대학은 나왔지만
진정한 엘리트가 몇이나 될까 생각해 봅니다.

나는 내가 할 수 있는 일에 만족합니다.
보람을 느끼면서 살 수 있고
좋은 일도 많이 할 수 있습니다.
세상 사람들이 우리 학교를 알든 모르든 상관없어요.
ℓ 카톨릭대학교 통신동호회 익명게시판 [nothing]

선배들, 보고 싶습니다

1학년 신입생이었을 때
91학번 선배를 보고
까마득히 높은 학번이라 생각했다.
그때는 그 선배가 왜 그렇게 어려웠던지……
나중에는 친해졌지만
그때는 그 선배가
나이든 어른처럼 생각되어서
91학번 선배와 우리의 관계는
아무래도 어색했는데
어느덧 내가 그 자리에 서게 되었다.

후, 그때 그 선배들이 보고 싶다.
그 선배들,
정이 참 많았었는데……

∥ 단국대학교 통신동호회 익명게시판 [마음문을 열고 살다보면]

후배들에게

학교에 다닐 때는
내가 얼마나 「좋은」 곳에 소속되어
살고 있는지 정말 몰랐다.
허나
졸업을 앞두고 보니
참 서운하다.
후배들은 이 좋은 곳에서
열심히
좋은 경험과 추억 만드는 일에
열중하길 바란다.
그리고 그대들,
좋은 사람이 되기를 선배는 원한다.
그리고 기도한다.
2월 19일,
이제 선배는 이 정든 학교를 떠나야 한다.
다들 잘 지내거라.
이 말로 너희들 모두를
감싸안을 수 있을지는 모르겠지만
모두 아끼고 사랑한다.
　─ 추신 : 싸우지들 말고 잘 지내라
　 ∮ 서울예술대학 남자화장실

따뜻한 위로

다른 사람의 일을 완전히 이해한다는 것은
정말 어려운 일 같다.
다른 사람의 기분에 공감한다는 것도 마찬가지지.
그래도,
도와주지는 못하더라도
무어라 따뜻한 위로의 말을 건네야 할 텐데
도무지 어떻게 해야 할지 모르겠네.

지금 이 순간
힘들어하는 모든 사람들,
살다보면 비 오는 날도 있는 법입니다.
힘내세요
　∬ 연세대학교 여자화장실

그에게 7시 35분의 마음을 보낸다

같은 세상에 살고 있음에도
다른 삶을 사는 수많은 사람들 속에서
나와 같은 생각을 지니고 있는
누군가를 만나는 것은 멋진 일이다.
그 멋진 일을
한 시인은 「더듬이가 같다」고 표현했던가.

여름이 왔노라고
혼자 들떠 산에 들에 나무에
시선을 떼지 못하는 줄 알았더니
또 다른 누군가가 여기,
여름이 옴을 활짝 펼쳐놓았다.

온 계절을 함께 보낼 사람이 있어서
얼마나 벅찬지 그도 알까
앞으로도 수많은 계절을……

여름밤 풀벌레처럼 애틋한 목소리로,
초저녁 가득 채우는 저 먼 노을의 기억으로
나는 감히 7시 35분의 마음을 그에게 보낸다.
36분이 되면 더 진해질 그리움을 접고
  ∥ 명지대학교 문예창작과 익명게시판 [무진행 버스]

그냥 네 마음 가는 대로 해

사람들은
인간관계의 원만함에 대하여
관심이 많지.
나 또한 그런 사람 가운데 하나이고.
그런데 말이야
다른 사람에 대해서 그렇게 의식하고 살 필요는 없어.
그냥 네 마음 가는 대로 해.
너, 바른생활이며 도덕이며 점수 나쁘지 않지?
그럼 된 거야.
ℓ 서강대학교 통신동호회 익명게시판 [사색으로의 초대]

제가 벌써 군대를 가는군요

제가 벌써 군대를 가는군요.
대학에 입학한 것이 바로 엊그제 같은데
캠퍼스의 향기를 채 익히지도 못한 채
이제 나라의 부름을 받고 군대에 갑니다.

열심히 공부해야겠다던 저의 헛된 외침을
묵묵히 들어주던 정든 친구들
출석표의 수많은 칸에
체크 한번 못하게 해드린 교수님들
저에게 그 흔한 인사 한번 못 받아본 선배들
정말 죄송합니다.

누구나 한 번은 가야 하는 길이건만
쉽사리 떨쳐버리고 갈 수 없는 마음에
이렇게 글을 남깁니다.
아직 할일이 많고 못한 일도 많은데
왜 벌써 나를 데려가냐며 울부짖던,
TV에서 본 한 젊은이를 떠올리며
씁쓸한 미소를 띄워봅니다.
여러분의 앞날에 밝은 빛이 함께 하기를……

∥ 대구대학교 통신동호회 익명게시판 [넋두리]

봄은 왔다

날마다
차츰차츰
바다에서부터 육지로 온기가 전해 온다.

잔디밭에 친구들과 삼삼오오 짝을 지어
부드러운 봄빛을 등에 받으며
정담 나눈다.
벤치에는 자판기에서 뽑힌 커피들이 모여
두런두런, 수군수군, 재잘재잘……

겨울에는 볼 수 없는 아름다운 풍경들,
이 봄이 나는 좋다.
　𝓁 부산대학교 통신동호회 익명게시판 [넋두리]

지난 학기에 가장 좋았던 강의

지난 학기에 들었던 과목 중에서
가장 좋았던 강의에 대해 올리고 싶습니다.
그것은 바로 「곽○○ 교수의 경제학개론」입니다.
따분하고 지루하기 십상일 경제학을
학생들에게 맞추어 잘 각색한 강의였다고 생각됩니다.
어렵고 복잡한 경제학 이론을
현실에 적용하여 풀어나가는 강의기법이 훌륭했습니다.
특히 교수님은 명석한 사람 특유의 핵심접근법과
품위 있는 유머를 가지고 있어 더욱 좋았습니다.
그리고
「신토불이」를 거부하는 「세계화론」,
「만약 기아를 포드가 인수하여
프라이드나 크레도스에 포드 마크를 달고 다니면
우리 국민은 어떤 반응을 보일까」
등등의 강의를 들으면서 나의 형편없는 고정관념은
아주 많이 깨어져 나갔습니다.
자본주의에 정복된 나라에 사는 사람이라면,
기본적으로 경제학 강의는 들어야 하지 않을까요?
그 시작을 곽교수님의 경제학개론으로
하는 것이 좋다고 생각합니다.

∥ 카톨릭대학교 통신동호회 익명게시판 [nothing]

사람들 속에서 너를 찾아라

살면서 우리는 때로 주위의 많은 사람들 때문에 지치고 힘들어합니다. 그리고 그러한 상황에서 벗어나기 위해 사람들로부터 멀어지려고 합니다. 저도 그랬습니다.

작년에 한동안 과 사람들에게 이질감을 느끼고 잘 어울리지 못했지요. 그런데 그러면 그럴수록 사람이 그리워지고 정이 그립더군요. 한 선배가 해준 말이 생각납니다.
「사람들 속에서 너를 찾아라」

그때는 이 말을 이해하지 못하고 그저 사람들로부터 멀어지려고만 했습니다. 그러면서 혼자라는 생각에 많이도 울었지요. 하지만 혼자라는 생각은 정말 위험합니다.

주위를 둘러보세요. 언제나 당신 주위에는 좋은 선배, 동기, 후배가 함께 있습니다. 가끔은 이들에게 기대보는 것이 어떨까요.

행정학과에 들어와서 가장 행복한 때는 나의 주위에서 「사람들」을 느낄 때입니다.

ℓ 한국외국어대학교 행정학과 익명게시판 [비밀일기]

나보다 더 좋은 사람

내가
가장 좋아하는 사람은
바로
나 자신이라고 자신 있게 말할 수 있겠지만,
이런 나를
돌보아 주고 생각해 주는
그런 사람이
나보다 더 좋다!

𝓵 인천대학교 동아리방 메모장

도움이 필요하면 손을 내밀자

종종
살면서 이런 생각을 하지
얼마나 많은 사람들이 숱한 망설임과 자존심으로
다른 사람에게 도움을 청하지 못하는지.

사람과 사람 사이에 대화가 없으면
상대방이 원하는 것이 무엇인지 모를 일이고
그가 원하는 것을 알았다 해도
다가갈 수 없는 거리감 때문에……

친구야, 만약 도움이 필요하면
우리 망설이지 말고
먼저 손을 내밀자.

∥충북대학교 통신동호회 익명게시판 [쉿~ 비밀이야]

새롭게, 더 새롭게

지금껏 네가 느껴왔던 그런 모습이 아니라
새로운 모습이길 원해.
똑같아 싫증나는 내가 아니라
네가 봐서 놀라운 변신……
그래서 난 바뀔 거야.
새롭게,
수시로,
다른 모습으로.

♂ 한양대학교 여자화장실

우물 안 개구리

학교생활에 도무지 적응이 안된다.
강의 스타일도 나와 맞지 않고……
외국으로 나갈 생각이다.
나는 지금 우물 안 개구리 신세
이렇게 안일하게 지내다가 나중에 후회할 것이다.

20대가 무의미하게 흘러가고 있다.
사랑하는 교우들이여!
우리 꽃 같은 20대 시절을 불같이 살자!
ℓ 홍익대학교 여자화장실

제 발

제발
이제는
다른 사람을 좀 생각하면서 살아라.
이 세상은 너 혼자 사는 것이 아니란 말이야.

제발
이제는
다른 사람이 너를 어떻게 생각하는지도
한번쯤 생각해 보면서 살아라.

𝓁 홍익대학교 남자화장실

친구 앞에서

친구가 있었습니다.
공부도 운동도 생김새도
나보다 나은 친구였습니다.
늘 한결같이 대하는 그 아이 곁에서
난 힘들었습니다.
늘 소외당하는, 늘 친구보다 못한,
작아지는 나를 발견할 수 있었습니다.
차라리 우리가 적이라면 했습니다.
미워할 수라도 있으니까요
나는 너무 힘이 들어
가슴도 귀도 눈도 닫아버리기로 했습니다.
벌써 5년이군요
친구랑 만난 지가.
너무 힘이 듭니다
내색하지 않는 것이.

∥ 정독도서관 여자화장실

새벽 1시 50분에

조용한 실험실
아름답게 흐르는 기타 선율
만약 이런 날이
개구리 우는 따스한 봄밤이거나
초승달이 고요히 산야를 채우는 가을이라면
가슴 한구석에서 아련히 올라오는 애틋함과
부드럽게 어울리리라.

조용한 실험실에 여러 번 혼자 있어 보았지만
오늘은 참 특별하다.
그와 함께 있으니까……
그가 무슨 생각으로
이 늦은 밤 실험실에 있는지는 모르겠지만
함께 있다는 것 자체가
나를 무척이나 행복하게 한다.
이런 시간이 영원히 지속되었으면……

부산대학교 통신동호회 익명게시판 [넋두리]

세기말의 도서관

세기말적 현상일까
도서관에서 공부하다보면
기막힌 풍경이 자주 보이네.

도서관 계단에서
비명을 지르는 남학생이 있지 않나,
도서관 안에서
깔깔대며 웃는 여학생이 있지 않나,
신입생들은
사오 명씩 둘러앉아 큰 소리로 토론을 벌이고
핸드폰을 안 끄는 것은 예삿일
전화가 와도 거리낌없이 덥석 받는다.
도서관 밖 복도는
만남의 광장인가
큰 소리로 이름 부르고 뛰어다니는 사람들……

나의 친구는 포기하여 같이 떠든다.
모두들 왜 이럴까?
온통 바람이 든 세기말의 도서관!

∅ 서강대학교 통신동호회 익명게시판 [사색으로의 초대]

똥고집

자네, 이미지 관리하기가 힘들지?
무척이나 답답해 보이는군.
자신의 떨어진 위신이 마음에 걸리는가.
그건 자네 혼자만의 생각일세.
그런 사소한 것
물론 자네에게는 엄청나게 큰 것이겠지만
작은 일에도 예민하게 반응하는 자네에게
직접 말하기가 어렵군.
현실은 말일세, 자네가 생각하는 만큼
자네에게 관심을 두지는 않는다네.
이미 엎지른 물이라고 생각하는가 보군.
자네 못 되라고 하는 말이 아닐세
또 그렇다고 자네 잘 되라고 하는 말은 더더욱 아닐세
한심하고 가여워서 하는 말일세.
자네의 행동 하나하나가
나의 동정을 사기에 충분했거든.
현실과 이상, 잘 구분하게.
남는 것은 없을 테지만
그래도 아쉽군.
이걸 본다고 자네가 바뀌지는 않은 테니까
똥고집!

𝄞 대구대학교 통신동호회 익명게시판 [넋두리]

첫 성적표

첫 성적표를 받고, 이 일을 어째
내가 기대한 것은 이런 것이 아니었는데……
처음부터 욕심이 너무 과했나?
장학생이 된 나의 친구……
축하해 주면서도
내 마음은 왜 이리 쓸쓸할까?
2학기를 기대하자!

ⓧ동덕여자대학교 통신동호회 익명게시판 [쉿~!]

자신의 능력을 믿으세요

지금 당장은 어려워 보이는 일일지라도
곰처럼 우직하게 밀고 나가세요.
자신의 처지를 한탄하지 말고,
당신으로 인해
후배들이 힘을 얻을 수 있는
그날이 꼭 올 테니까요.
믿으세요. 자신의 능력을!

ⵋ 단국대학교 통신동호회 익명게시판 [마음문을 열고 살다보면]

새로운 만남을 위하여

서로 다른 곳을 쳐다보며
살아가는 사람들이 있습니다.
그래도 만날 사람들이라면
언젠가는 꼭 만나게 되겠지요.

올 겨울에도 새로운 만남은 분명 찾아올 테구요.
마치 첫눈처럼……
새로운 만남은 설레임 속에 오니까요.

따뜻함을 느끼기 시작할 때
겨울을 기다려왔음이 행복해집니다.
겨울이라는 캔버스와 만남이라는 수채화가
문득 마주봅니다.
우윳빛 눈송이 하나 날아와 만남 뒤로 내려앉습니다.
약속은 없지만 겨우내 머무를 따스함이 남습니다.

ℓ 원광대학교 통신동호회 익명게시판 [숨겨진 나에게로…]

살다보면

살다보면
아……
이렇게 사는 사람도 있구나
새삼 생각하게 된다.
내가 촌스러운 것인지
아무튼
나와 많이 다르다는 느낌이 들어서
조금은 슬프다.

∅ 인천대학교 여자화장실

이해와 오해

실제로,
우리는 언제나 자기 자신을 오해하고 있고,
다른 사람을 거의 이해하지 못한다.
　　— 오스카 와일드, 『도리언 그레이의 초상』 중에서

∬ 서울대학교 국어국문학과 익명게시판 [비밀일기]

나는 너의 도구가 아니다

인간에 대한 배신감이 극도로 밀려온다.
내가 필요할 때는 쓰고
필요없으면 버리는
물건이었나?
외롭고 힘들 때마다 찾아와
어떻게 하면 좋겠느냐고 묻던 친구가
이제는 「얼굴 보기 힘들다」는 한마디로
끝내버리려고 한다.
그렇게 나는 너의 충실한 물건이었나?
나는 너의 도구가 아니다.
절대로……
나를 둘러싼 환경이 그렇게 만들고 있다면
그것은 너의 편견이고 오해이고 기만이고 과장이며
거짓일 뿐이다.
나는 아직도 그대로이고
변한 것은 너일 뿐
그것만은 확실히 하자.
∥고려대학교 국어교육과 익명게시판 [속주머니]

믿었던 친구에게

믿었던 친구에게
뒤통수를 세게 맞아본 적이 있습니까?
그런 경험을 아주 진하게 한 후로
나는
사람을 알아간다는 것이
너무나 두렵습니다.

∥ 홍익대학교 남자화장실

남자와 여자의 우정

남자와 여자 사이에도
우정은 존재한다고
지금껏 믿어왔는데……
막상
남자애랑 친구로,
그냥 순수한 친구로 지내려 하니
마음고생이 이만저만 아니다.
남자와 여자 사이의 우정,
애매한 문제라는 것만 확실히 한 채
오늘도 그애를 만난다.

⟋ 연세대학교 여자화장실

내가 원하는 생활

나는 학교에 참 열심히 다닌다.
물론 오래도록 앉아 공부하는 것은 아니지만
그나마 학교에 안 가면 책을 한 자도 안 보니까……
도서관에 좀 늦게 갔더니 자리가 없더라.
다들 열심히 공부하나 보데
도대체 무슨 공부를 그렇게 열심히 할까?
난 전공서적 몇 권만 들고 다니는데……

요즈음은 장사나 했으면 좋겠다.
누가 가게만 하나 차려주면 그냥 그렇게 살고 싶어
어릴 적에야 꿈도 많았고
화려한 직업도 꿈꾸었지만
이제는 하루하루가 편안하고
나 먹고 살 돈만 있으면 될 것 같다.
그냥, 그렇게…… 사는 거지, 뭐.

그래도 무언가 허전하고 아쉬움이 남아서
마구 심란해지네.
  ✗ 단국대학교 통신동호회 익명게시판 [마음문을 열고 살다보면]

짧은 낙서,
　　　긴 느낌

사람을 사랑함에 이유가 필요없듯

우리의 노래
사랑을 사랑함에 이유가 필요없듯
노래를 좋아함에 까닭이 없나니
땅이 다하는 그날까지
마를 리 없는 우리의 노래를……
ℓ광화문 찻집 [다다]

SEX
SEX는 황홀한 것,
재미있는 것,
어릴 때 하던 술래잡기처럼
어른이 되어서 기쁘게 할 수 있는 것

대학생도 SEX를 하나요?
여자로서 순결을 지켜야 하지 않나요?
배웠다는 사람이 어떻게 그럴 수 있지요?
배운 사람이 더 무섭다는 말이 맞긴 맞나 보네요.
실망이에요.

SEX라는 것에 「대학생도」라는 말이
왜 들어가야 하지?
대학생은 그러면 안되나?
그리고 대부분의 여자와 남자는
SEX라는 단어 앞에 여자의 순결을 내세우는데,
그렇게 순결이 중요하다면
왜 남자의 순결은 문제 삼지 않지?

SEX는 사랑의 감정을 더욱 굳게 해준다고 한다.
하지만 나는 결혼할 배우자와 나만의
약속이라고 생각하기 때문에 SEX를 거부한다.
어쩌면 어려서부터 교육받은 순결과 성에 대한
암묵적인 요구로 인한 것인지도 모르지만……
∥ 고려대학교 여자화장실

사랑하며 살자
세상엔 사랑할 것이 너무나 많습니다.
이 세상은 슬픈 것도 많지만
그보다 더 좋은 건 기쁨이
훨씬 더 많다는 것입니다.
사람들이여!
서로 사랑하며 즐겁게 삽시다.
∥ 광화문 찻집 [다다]

여자를 찾습니다

1. 한번쯤 새벽이슬에 가슴을 씻어본 여자
2. 「절망」이라는 말은 결코 아무렇게나 사용하는
   말이 아니라고 생각하는 여자
3. 육신은 비록 병들어도 정신만큼은 절대 병들어서는
   안된다고 생각하는 여자

   ∅ 인사동 카페 [시인학교]

영 광

나는 그대를 사랑하오.
그리고 내 자신의 심정을 아오.
난잡한 포옹이나
가면의 애정이 아닌……
나는 그것을 맹세하오.
그 힘과 애정으로 사랑은 식지 않고
녹슬지 않으리요.
이 같은 영광
그대는 받고 나는 드리리라.

∅ 광화문 찻집 [다다]

삶도 나를 이렇게 땡겼으면

땡기다
시인학교가 오늘 나를 땡겼고
담배가 나를 땡기고
녹차도 나를 땡기누나.
아무튼 오늘은 땡기는 날이다
삶도 나를 이렇게 땡겼으면 얼마나 좋을까.
∅ 인사동 카페 [시인학교]

염세주의
난 염세주의자다!

염세주의?
얼마나 대단히 비관적이길래
염세주의자라고 이렇게 낙서까지 하나?

낙서는 나도 하지만,
한창 젊은 나이에 뭔 놈의 염세주의야?
잘 살아봐라, 염세주의자!
∅ 성균관대학교 남자화장실

사랑 · 영원 · 진실
이런 것을 갖고 살자,
사랑, 영원, 진실.
이제는 이런 것을 믿고 살자.
부디 행복하자,
밥과 책과 사랑 또는 섹스와 인생.
∅광화문 찻집 [다다]

곰팡이꽃
꿈이 있었다.
유년시절의 꿈
소년시절의 희망
그리고 청년시절의 「절망」이라는 뜰에 핀
곰 · 팡 · 이 · 꽃
∅인사동 카페 [시인학교]

기분 좋은 일
세상엔 기분 좋은 일도 많다.
사랑에 빠진 연인과
아기를 안은 엄마의 따뜻함을 바라보는 것,
그리고 마음이 맞는 친구들과의 즐거운 대화.
∅인사동 카페 [시인학교]

빛

빗을 지네요.
전시회 보러 차비만 들고 왔다가
시에 취해서 일년 만에
술을 외상으로 마시게 되고……
이제 시에 취한 내 자신이
더이상 부끄럽지는 않네요.
내일은 외상값 갚으러 또 오겠죠!
그래도 돈으로는 갚을 수 없는
빗을 지고 가네요.

∥인사동 카페 [시인학교]

경 험

경험을 두려워 말라.
나를 보호할 수 있으면
남 또한 보호해 줄 수 있다.
비록 재능 없는 경험일지라도……

∥정독도서관 여자화장실

인 생

말없이 나는 간다.
편한 대로 사는 게
인생이다.

∥광화문 찻집 [다다]

이 유

변하지 않기 위해 변하련다.

*❀*광화문 찻집 [다다]

순 수

모든 사람이 가지고 있지만
이 세상에서 살아가기 위해
순수라는 걸
쉽게 내버리며 잊어버리고 산다.
어린아이에게서 볼 수 있는 순수를,
나의 눈에서도
그 순수라는 빛이 발할 수 있도록 도와주소서.

*❀*인사동 카페 [시인학교]

월 세

어차피 우리들은
이 세상에 세들어 살고 있으므로
고충을 말하자면
월세 같은 것.

*❀*광화문 찻집 [다다]

지금은 화장실에서 끄적거리지만

떠나는 이유

좀더 나은 나를 만들기 위해 떠나는 거야.

실패?

내 인생에서 그 단어는 이미 떠났어.

자신감을 가지고 앞을 바라보며

힘들고 지칠 때는 뒤와 옆도 함께 돌아보며……

지금은 겨우 화장실에서 끄적거리는 「나」이지만

시간이 흐른 뒤엔 당당하게……

    ✒ 정독도서관 여자화장실

낙 서

낙서는 어떤 내용으로 하든

「고상」한 것일 수 없다.

        ↙

너 참 고상하다!

    ✒ 광화문 찻집 [다다]

맘 나누기

이런 데다 낙서한다고 맘이 나눠지는 건 아냐!

어떤 일에 서로 공감할 수 있다는 건
좋은 일 같아요.
같은 고대인으로서 서로 무슨 생각을 하는지
조금이라도 알 수 있으니까요.
맘을 나눌 수 없다고 생각하는 건
그쪽이 맘을 닫고 있어서 그런 건 아닌가요?

ℓ 고려대학교 여자화장실

나만의 세계

꽉 막힌 이 공간에서
오로지 나 혼자이기에
나만의 세계에
흠뻑 젖는다.

ℓ 정독도서관 여자화장실

자랑스러움

나는 내가 인하인이라는 게 참 자랑스럽다.
근데, 지금 내가 하려는 일도 자랑스러운 것일까?

ℓ 인하대학교 여자화장실

134

화장실에서

화장실이 너무너무 더럽다.
우리 학교 화장실은 깨끗한데……
그리고 우리 학교 화장실은 온갖
이야깃거리로 가득하건만 여긴 아무것도 없다.
so 심심하다.
화장실은 만남의 장소
재미있는 얘기도 나누고,
공감도 할 수 있는 이야기의 장.
홍대 화장실도 이런 화장실이 되길 바란다.
  — 어느 타대생이 씀

야! 그럼 니네 학교 화장실이나 가.
왜 남의 학교 화장실에 와서 난리야?
누가 오랬냐?

그렇게까지 얘기할 건 없는데……
귀엽잖아
他大生!
무언가 재미있는 얘기를 쓰고 싶지만
생각나는 게 없군.

가끔 슈크림같이 맛있는 낙서도 있고
맥주같이 시원한 낙서도 있고
엄마 품처럼 따사로운 낙서도 있다.
그래서 나는 화장실 낙서를 좋아한다.

정말 좋은 낙서를 읽었을 때
그 사람이 정작 누구인지 짐작조차 못하니까
아쉽기도 하지만, 차라리 잘된 거다.
선입견 따위가 프리미엄으로 붙지 않으니까
그래서 화장실 낙서가 좋은가 보다.
여기도 낙서판이 생겼으면 좋겠다.
홍대인도 그런 종류의 즐거움을
만끽할 수 있기를……
　　— 난 홍대생 아님
　 ⸜홍익대학교 여자화장실

스무살 청년은 꽃보다 아름다워

청년 예찬
스무살 청년은 꽃보다 아름다워.

∅ 고려대학교 남자화장실

인 간
인간은 멈출 수 없으며 멈추지 않는다.
그래서 정지하지 않는 것이 인간이며
현 상태로 있을 때 그는 가치가 없다.
　── 장 폴 사르트르

∅ 인사동 카페 [시인학교]

나
여자이기 전에
2세의 엄마이기 전에
한국인이기 전에
나는 납니다.

∅ 광화문 찻집 [다다]

아직도 슬픈 우리 젊은 날

김지룡 ‖ 신세대 문화평론가

나는 탁자 위마다 작은 노트가 놓여 있는 찻집을 좋아한다. 익명의 사람들이 그 노트 속에 남긴 글을 읽기 위해서다. 통신에서도 즐겨 찾는 곳은 익명게시판이다. 「익명」, 사람들은 자기 이름을 감출 수 있을 때, 한없이 진실해지고 또 한없는 거짓말쟁이가 된다. 하지만 이런 경우, 거짓말이란 대개 머릿속에 그리고 있는 희망이므로, 결국 두 가지 모두 한없이 진실에 가까운 셈이다.

사람들이 낙서를 좋아하는 이유는 바로 여기에 있다. 익명으로 토해낸 언어가 바로 우리의 현실이기 때문이다. 이런 까닭에 익명시를 모으는 작업은 전에도 행해져 왔다. 그중 하나가 1980년대 후반에 발간된 『슬픈 우리 젊은 날』이다.

확실히 80년대는 슬펐다. 독재정권과 치열하게 싸우던 시절, 시대의 암울함에 짓눌려 살았기 때문이다. 그렇다면 정치의 계절이 끝난 90년대의 젊음은 「청춘의 봄」을 구가하며 행복하게 살고 있을까. 대학가에서, 거리에서, 그리고 문화공간에서 만나는 그들. 그들의 겉모습은 한결같이 밝고 명랑하고 즐겁게 보인다. 그래서 기성세대는 그들을 가볍고 경박하다고까지 질책한다. 하지만 이런 모습이 그들의 전부는 아니다. 그들이 토해내는 익명의 시는 여전히 어둡고 슬프기 짝이 없다. 그들이 살아가고 있는 환경은 「아직도 슬픈 우리 젊은 날」인 것이다.

「노력」의 의미가 상실된 카오스의 시대에서

그들은 왜 여전히 슬픔을 느끼고 있는 것일까. 대학을 졸업해도 취업이 보장되지 않는 청년 고실업률의 시대를 살아가는 그들. 취직이 보장되지 않는다는 것은 그 자체로 큰일이지만, 그 이상의 무거운 의미를 내포하고 있다. 이제 시대는 「노력」한 만큼 「결실」을 맺을 수 있는 알기 쉬운 단계를 지나, 원인과 결과의 인과관계가 불투명한 카오스의 시대를 맞이했다는 것을 의미하기 때문이다.

경제가 빠르게 성장하던 시절, 청년기의 노력은 대부분 응분의 보상을 가져왔고 그 이자율도 높은 편이었다. 본의든 타의든, 본인의 생각이건 부모의 강요건, 지금의 대학생들도 혹독한 입시지옥 속에서 인내하고 노력했다. 그러나 이제는 노력에 대한 대가가 이자는커녕 원금마저 지급이 의심스러운 시대다. 연세대 강의실 복도에 남겨진 낙서는 이렇듯 슬픈 시대에 대한 정확한 인식이다.

제길……
이렇게 살려고
여기까지 왔어?

― 〈제길, 이렇게 살려고〉

노력의 의미, 즉 미래를 위해 현재를 참고 인내하는 것의
의미가 퇴색하는 이 시대는 온통 우리에게 혼란과 고민을
남겨주고 있다.

애석하게도 우리는 혼란을 잉태하고 태어난 세대이다.
— 〈우리는〉

라는 식의 푸념이나

두렵다.
내 삶의 의미는 무엇일까?
희망은 있을까?
— 〈가끔씩 삶의 의미를 잃고〉

란 식의 고민이 자주 발견되는 것은 이 때문이다. 80년대
의 대학생들은 노력(입시공부)에 대한 대가를 받을 것인가
(취직) 아닌가(운동)를 두고 고민했다. 그러나 이제는 그런
고민마저 사치스러운 일로 바뀐 것이다.
이런 시대를 견딜 수 있는 방법은 무엇일까. 장기간에
걸친 노력의 대가로 주어지는「삶의 의미」, 그것이 출세
나 부, 권력 같은 세속적인 것이든, 희생과 봉사라는 보람
있는 것이든「의미 있는 삶」으로부터의 탈피가 하나의 방
법론이 될 수 있을 것이다.
「삶의 의미」가 퇴색하더라도 우리에게는「살아 있다는
것의 희열」이 남아 있다. 즐거움을 느끼는 순간마다 자신
이「살아 있어서 다행이었다」고 느끼는 것이다.

140

느낀다는 건 곧 살아 있다는 것

— 〈느낀다는 건 살아 있다는 것〉

이란 구절처럼.

그러나 어디 「살아 있다는 것의 희열」을 느낀다는 것이 말처럼 쉬운 일이랴.

「나는 생각한다. 고로 존재한다」는 지식과 논리의 시대에서 「나는 느낀다. 고로 존재한다」는 감성의 시대로 전환하기 위해서는 여러 가지 진통을 겪어내야 한다.

예를 들면 무의미한 반복에 대한 인식의 교정 같은 것이다. 똑같은 음악을 백 번 듣는다고 달라질 것은 없다. 아무것도 생산되지 않는다. 하지만 자신이 즐거움을 느끼는 대상에 의미가 있는지 없는지는 중요하지 않다. 무의미한 반복에 지나지 않더라도 그것이 즐겁다면 그뿐이다.

젊은이들이 논리보다 감성을 좋아하기 시작했다는 것은 익명시를 모으면서부터 알 수 있었다. 「사랑에 관한 글」이 압도적으로 많았다. 「사회에 관한 글」은 전체의 15% 정도인 것에 반해, 「사랑에 관한 글」은 60% 정도로 수적으로 압도적인 비중을 차지했다. 아마 80년대라면 이 비율은 완전히 정반대였을 것이다.

80년대가 지식과 논리라는 사상적 무장을 통해 사회를 해방시키려 했다면, 90년대는 개별적 감성인 사랑을 통해 스스로를 암울한 환경으로부터 해방시키려 애쓰는 것이다. 「나는 사랑한다. 고로 존재한다.」

「우리」는 무너졌고 「나」는 확립되지 않은 시대에서

젊은이들이 혼란과 고통을 느끼는 또 하나의 문제는 자신의 정체성일 것이다. 현재 우리 사회의 현실은 「우리」는 무너졌지만 「나」는 확립되지 않고 있는 시대를 맞이하고 있다.

자신을 소개할 때 「어느 회사의 누구입니다」나 「어느 학교, 어느 과의 누구입니다」라는 식으로 소속부터 밝히는 사회는 그리 많지 않다. 그러나 우리가 이런 일들을 당연하게 생각해 왔던 것은 기성세대가 항상 「우리」라는 울타리 안에서 자신의 정체성을 찾아왔기 때문이다. 우리 민족, 우리 회사, 우리 학교, 우리 젊은이……

하지만 이젠 「우리」라는 소속이 개인의 정체성을 보장하기 힘들고, 「우리」라는 것을 엮어주는 공통의 끈도 사라져버렸다. 민족의 지상과제가 경제성장도 아니고, 젊은이들이 독재와 싸우기 위해 연대하고 단결할 필요도 없어졌다. 더이상 「우리」는 없고, 개개인이 「나」를 찾아야 하는 시대인 것이다.

> 「나」를 「우리」라는 울타리로
> 묶어버리기 위해
> 「나」에게 무수한 희생을
> 강요하려 들지 말라.
>
> ─〈나는 나, 너는 너〉

는 새로운 시대인식. 그러나 어떻게 「나」를 찾을 것인지,

어떻게 「나」를 「우리」로부터 떼어낼 것인지는 혼동스럽기만 하다. 그래서

> 자유는 버거우나 구속은 답답하다.
> 그러나 이도 저도 아닌
> 미지근한 회색빛 공간에서
> 숨쉬는 것 역시
> 이제는 지겨울 따름이다.
>
> ─ 〈시간이 해결해 주리라〉

란 탄식을 토해내게 된다.

또한 「나」의 정체성이 확립되어 있지 않기에, 타인과의 관계에서 당당해지기 힘들고 때로는 두렵다고까지 느끼게 된다.

> 우리는 한 쌍의 레일이다. 일정한 거리에서 서로를 바라
> 볼 수밖에 없는 레일이다. 서로에게 다가서지도 못하고 또
> 벗어나지도 못하는 우리는 레일이다.
>
> ─ 〈우리는〉

「나」를 확립하지 못하고 있는 것, 이 문제는 현재의 젊은이에게 책임을 물을 일이 아니다. 우리 사회는 단 한번도 「나」를 내세워 본 적이 없다. 따라서 그 방법은 확립되어 있지 않고, 그러므로 배울 수도 가르칠 수도 없다.

「나」의 확립을 위해 개인적으로도 사회적으로도 무수한 방황과 시행착오를 겪어야 할 것이다. 일본도 이런 과

143

정을 80년대 초부터 경험하고 있지만 아직까지 명확한 해답을 찾지 못하고 사회 전체가 방황하고 있다. 처음으로 「나」를 확립하는 일은 그만큼 어려운 것이다. 하지만 희망은 있다.

> 예전에 남자친구가 그랬습니다.
> 「전에 네가 누군가와 성관계를 가졌어도 괜찮아」
> 하지만 저는 그 말에 고마워하지 않았습니다.
> 도리어 화가 났습니다.
> 아무리 좋아하는 남자친구지만……
> 내 인생에 대하여
> 「괜찮다, 안 괜찮다」라고 평가할 수 있는 것은
> 나만의 권한이라고 생각했기 때문입니다.
> — 〈내 몸의 주인은 나〉

「나」를 제대로 찾고 있다는 희망을 보여준 익명시. 이런 경험은 이제 한 개인의 마음속에 머무는 것이 아니라, 여러 사람이 함께 나누어 가질 수 있을 것이다.

새로운 시대의 변화가 「N세대」에 의해 이루어진다는 것은 무척 다행스러운 일이다. 「N세대」의 기본정신은 「표현과 나눔」. 통신과 인터넷으로 자신의 고통과 내면적 성장을 표현하고 남들과 공유하려는 작업을 통해, 그들은 「나」를 확립할 수 있을 것이다. 어쩌면 그들은 기성세대보다 훨씬 빨리 「행복찾기」에 도달할지 모른다.

외로움
슬퍼하지 말아요.
외롭다고 느낄 때……
흘러가는 세월
그 속에 묻히는
외로움으로 잠셔요.

살다 보면
아……
이런거 저런 사정도 있구나
새삼 생각하게 된다.
내가 치사한 것인지
이뭐든 나와 마음이 다른다는 느낌이 없다
지금은 슬프다.